alta mar

Cuentos

D1293827

Álvaro
a su aire

Montserrat del Amo

Ilustración
M.ª Luisa Torcida

Taller de lectura
Isabel Carril

© Montserrat del Amo.
© Grupo Editorial Bruño, S. L., 2005.
Juan Ignacio Luca de Tena, 15. 28027 Madrid.

Dirección editorial
Trini Marull

Edición
Begoña Lozano

Preimpresión
Francisco González

Diseño
Inventa Comunicación

Primera edición: marzo 2005
Cuarta edición: diciembre 2007

ISBN: 978-84-216-9658-3
D. legal: M. 52890–2007
Impresión: Villena, A. G.

Printed in Spain

Montserrat del Amo

- Nació en Madrid.

- Ha escrito cuentos, novelas, obras de teatro, poemas, biografías... y publicado más de cincuenta libros.

- Dos de sus obras, *Patio de corredor* y *Zuecos y naranjas,* fueron presentadas en televisión, y el cuento poético *La noche,* con música de José de la Vega, se estrenó en concierto por la Orquesta de RTVE.

- Ha obtenido varios premios literarios: el Premio Nacional de Literatura Infantil y Juvenil 1978 por *El nudo;* el Premio Lazarillo 1960 por *Rastro de Dios;* Lista de Honor del Premio Internacional Hans Christian Andersen por *Patio de corredor,* etcétera.

alta mar

Para ti...

Abrir un libro es como salir al recreo
o ir al parque, porque entre sus páginas
también te juntas con otros niños y niñas
para jugar y divertirte.

En este libro te espera Álvaro,
un chico muy especial
que va a su aire por la vida.
Seguro que acabaréis siendo
muy buenos amigos.

1

Álvaro

ES delgaducho, moreno y zurdo; tiene dos remolinos en el pelo y se llama Álvaro.

Toda la gente del barrio le conoce
porque, además de ser charlatán
y simpático, tiene un brazo algo más
corto que el otro, aunque no mucho,
y una mano pequeñita, precisamente
la derecha, que no puede mover igual
que la otra.

Pero, ¡qué suerte!, Álvaro
se las arregla fenomenal
con la izquierda, y la derecha
ni le pica ni le duele ni nada.

De pequeño, cuando Álvaro
oía cuchichear a sus espaldas:

—¿Te has fijado en ese niño?

—Sí.

—¡Qué lástima!

Él replicaba:

—Sí. Ya lo sé. Tengo una «lástima». Pero, ¡qué suerte!, ni me pica ni me duele ni nada.

Ahora le importan un pito esos comentarios. Se encoge de hombros y se larga: ni caso.

Sabe que «lástima» es una palabra
tonta que dice la gente cobarde
que no sabe aceptar la realidad
y que, si tuviera algo parecido,
no sabría arreglárselas
para salir adelante
y vivir a su aire, como él.

2

Las vecinas

Á LVARO también tiene a veces
problemas con la gente,
como todo el mundo. Y sobre todo
con Vicenta y Julia, sus vecinas
del piso de abajo, el 3.º B, aunque
son muy buenas y le quieren mucho.

—¡Demasiado! –refunfuña Álvaro,
porque a veces se pasan.

Ya le cuidaban de pequeño cuando
sus padres se iban al trabajo.
Y ahora que ya es mayor, que va
y vuelve solo del colegio y no hace
falta que le cuiden tanto, siguen
pendientes de él a todas horas.

Por las mañanas le avisan para que
no llegue tarde a clase dando golpes
con una escoba en el techo del 3.° B,
que es el suelo de la casa de Álvaro.
Y cuando le oyen que baja corriendo
las escaleras, Julia o Vicenta
se asoman al descansillo
y le regañan:

—¡Despacio! ¡Cualquier día acabarás
rodando por las escaleras abajo hasta
el portal!

Julia o Vicenta están especialmente
atentas por las tardes, pues les daría
un soponcio si Álvaro se olvidara
de entrar en el 3.º B a tomarse

la merienda que le tienen preparada
todos los días a la salida del colegio.

—Pasa, pasa. A ver si te gusta
la de hoy.

—¡Seguro que sí!

Porque son unas merendolas
de rechupete, no como las que se
compran sus compañeros, envueltas
en plástico, que todas saben igual.

Nada de eso. Álvaro tiene suerte,
porque Julia y Vicenta siempre
le preparan algo especial: torrijas
o arroz con leche o manzanas
asadas o pastelillos caseros…

Algunas veces le ponen regalos debajo
de la servilleta: lápices de colores,
juguetitos, canicas…

—¡Sorpresa! –anuncian a coro Julia
y Vicenta.

—¡Gracias! –exclama Álvaro.

Hasta aquí, todo va como una seda.
Lo malo es que Vicenta y Julia todavía

no se han acostumbrado al brazo
derecho de Álvaro y siguen
murmurando por lo bajo:

—¡Pobrecillo!

—¡Qué lástima!

Se empeñan en que esconda
su «lástima», quieren que lleve
la mano metida en el bolsillo,
que la ponga debajo de la mesa
o que se la tape con la manga,
como si valiera
de algo disimularla.

Álvaro está harto
de tanta tabarra,
pero no se atreve
a protestar para no darles
un disgusto.

Y también para que no se enfaden,
no vayan a cerrarle la puerta y le dejen
sin esas merendolas tan ricas
que le preparan todas las tardes.

Álvaro no quiere ni pensarlo, pero
se pone furioso cuando Julia o Vicenta
le dicen:

—Métete esa mano en el bolsillo.

O:

—Si no usas la derecha para comer,
¿para qué tienes que ponerla encima
de la mesa?

De la furia, Álvaro se atraganta,
bebe un traguito de agua,
termina la merienda y se larga:

—¡Hasta mañana!

3

Los padres de Álvaro

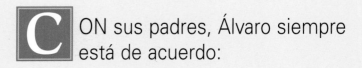

CON sus padres, Álvaro siempre está de acuerdo:

—Vicenta y Julia son unas pesadas –dice Álvaro.

—Sí, hijo, ya lo sabemos:
son unos plomos –comenta su padre.

—Pero también son muy buenas
y te quieren mucho
–le recuerda su madre.

—¡Es que no paran de darme
la tabarra! –protesta Álvaro–.
Que si la mesa, que si el bolsillo,
que si la mano… Quieren
que la esconda.

—En eso no tienen razón, así que tú
no les hagas caso –le recomienda
su madre.

—¡Pero es que…! –insiste Álvaro.

—¡Siempre estás a vueltas
con lo mismo! –le dice su padre–.
Si sigues así, acabarás siendo tan
plomo como ellas. Y entérate de una
vez. La merienda y la tabarra de Vicenta
y de Julia van juntas: si no quieres
perderte sus merendolas, tienes
que tragarte sus tabarras.

—Es que una «lástima» metida
en el bolsillo no sirve para nada,

y al aire, ayuda a la otra mano –replica
Álvaro–. ¡Con lo mayores que son
y no lo entienden! En cambio,
yo me di cuenta enseguida.

—¡Es verdad! Casi no sabías hablar
y ya armabas la marimorena cuando
Vicenta o Julia te escondían
esa mano en el bolsillo.

—Y te la sacabas tú solito
sin que te ayudara nadie
–recuerda su madre.

—Es que yo soy un tío muy listo —comenta Álvaro, satisfecho.

—Tampoco es para tanto –murmura
su padre.

Cuando no aprueba por los pelos,
Álvaro saca unas notas medianejas,
pero está contento,
    porque sus padres le dicen:

        —Tranquilo, que así vas bien.

            —Tú, a tu aire.

4

La excursión

—¡IIING!

Álvaro se tira de la cama al primer timbrazo del despertador y corre a la ventana.

La víspera llovía, pero hoy brilla el sol en un cielo sin nubes.

—¡Estupendo!

El programa de la excursión es muy
completo. A las ocho, cita en la
estación. Una hora de viaje en tren
y otra de autobús para llegar a la sierra.
Marcha a pie por la montaña. Y ya en la
cumbre, podrán observar el vuelo de
los pájaros, ver plantas, escalar rocas,
jugar, beber agua del arroyo, comer…
Por la tarde, con las mochilas vacías,
recorrerán el sendero monte abajo.
Por último, tomarán el autobús
y el tren de vuelta a la estación, donde
les estarán esperando sus familias.

Álvaro se arregla a toda prisa,
se toma el desayuno y se cuelga
la mochila a la espalda.

Y de pronto, un timbrazo:

«¡Las de siempre! ¡Seguro!»,
piensa Álvaro.

Y ahí están, Vicenta y Julia,
con una enorme bolsa de plástico.

—Te hemos traído la merienda.

—Cuando la termines, busca al fondo,
que encontrarás una sorpresa.

—¡Estupendo! –dice Álvaro.

Aunque se vaya de excursión,
no se quedará sin merendola.
Pero ahora mira asustado
el tamaño de la bolsa:

—Pero no la puedo llevar.
¡No me cabe en la mochila!

—Eso ya lo veremos.

Vicenta y Julia hurgan
en la mochila: un empujoncito
por aquí, un tirón por allá,
un apretón por el otro lado…

—¡Ya está dentro la bolsa!
–dicen a coro, satisfechas.

Sí, pero muy mal,
porque Álvaro siente ahora
algo duro, un pico
que se le clava
en la espalda.

Se aguanta y baja la escalera.

Vicenta y Julia le despiden
en el portal con besos
y abrazos.

Álvaro refunfuña:

—¡Que vuelvo esta misma noche!

—¡Sí, pero te marchas tú solito!

—¿Solito, yo?
¡Pero si me voy
de excursión con el director,
tres profesores y cincuenta
compañeros del cole!
–replica Álvaro.

5

Las llaves

POR la tarde toca volver a casa.
El conductor del autobús les
está aguardando en el sendero
con las llaves del autobús en la mano.

—¡Vamos, deprisa! ¡Que los trenes
no esperan!

Los profesores y los chicos echan
a correr. Pero una de las niñas,
sin querer, le da al pasar en el codo
al conductor, que abre la mano...
¡y las llaves del autobús salen
volando por el aire!

—¡Quietos! –ordena el director–.
Que si las pisamos y se entierran en la
arena, no las encontraremos nunca.

Pero las llaves no están en el sendero.

—Yo las he visto caer entre estas rocas
–asegura Álvaro.

Todos empiezan a buscarlas por las
rocas, palpando el musgo y sacudiendo
las matas porque está anocheciendo
y la luz se va por momentos.

Pero las llaves no aparecen.

—Voy a llamar al colegio para que
las familias sepan lo que pasa
–decide el director.

Después, hace una segunda llamada
a la central de autobuses y comenta:

—Ahora viene un motorista con unas
llaves de repuesto; tardará media hora.

Para distraer la espera, propone:

—Vamos a cenar todos juntos.
¡A ver lo que queda en las mochilas!

Poca cosa: un bocadillo mordisqueado,
una chocolatina, una bolsa de chuches…

Álvaro se gana un aplauso cuando abre
la bolsa de la merendola y saca
magdalenas, pastas, rosquillas, y una
tartera grande llena de arroz
con leche en la que todos
quieren meter la cuchara.

Al fondo hay algo duro,
frío y largo:

«¡El pico que se me
clavaba en la espalda!
–piensa Álvaro–. ¿Qué es?».

Lo saca y… ¡sorpresa! Es una linterna
que lanza su rayo luminoso en la

oscuridad de la noche, como un gusano de luz, pero mucho más potente.

Mientras sus compañeros se reparten la merendola, Álvaro enciende y apaga la linterna varias veces. Y tiene una idea:

—Ven conmigo –le dice a Carmencita, su compañera de pupitre–, a ver si entre los dos encontramos las llaves.

Se separan del grupo, vuelven a las rocas y de pronto ven algo en una grieta que brilla a la luz de la linterna.

—¡Las llaves! –exclama Álvaro.

—¡Allí están! –grita Carmencita.

Las ven perfectamente, pero será difícil
sacarlas porque la grieta es profunda y
estrecha, y las llaves están justo al
fondo.

—Tú, Carmencita –dice Álvaro–, agarra
la linterna y sujétala bien. Yo intentaré
alcanzarlas.

Álvaro se tira al suelo. Por donde
no cabría ningún otro brazo,
mete su «lástima», llega hasta
el fondo de la grieta y toca las llaves.
Las engancha entre sus dedos
y las saca despacito,
con su mano pequeña.

—¡Estupendo!

Muy contentos, Álvaro y Carmencita
corren a enseñárselas a todos.
El conductor abre la puerta
del autobús, enciende el motor y grita:

—¡En marcha!

Gracias a Álvaro, los excursionistas
ya no tendrán que esperar la llegada
del motorista, con hambre y frío
en medio de la noche; podrán hacer
el viaje de vuelta sin retraso y reunirse
con sus familias en la estación
a la hora prevista.

6

La llegada

EN la estación, los familiares
y amigos de los excursionistas
reciben a Álvaro con aplausos y gritos:

—¡Bien por Álvaro!

—¡Bravo!

Álvaro corre a refugiarse junto
a sus padres, pero sus vecinas
le agarran entre las dos
y Vicenta comenta en voz alta,
para que todos lo oigan:

—Es que este niño vale mucho.

Y Julia añade:

—¡Álvaro, explícanos cómo
te las has arreglado para rescatar
las llaves tú solito!

«A estas no hay quien las entienda
–piensa Álvaro–. Unas veces quieren
que esconda mi "lástima", y ahora
quieren que se la enseñe a todo
el mundo. ¡Tampoco es eso!».

Se mete la mano derecha
en el bolsillo y aclara:

—Solo, no. Con Carmencita. ¡Y gracias
a la luz de la linterna-sorpresa,
que es preciosa!

Vicenta y Julia insisten, pero Álvaro
da un tirón, se escapa de la curiosidad
general y se acerca a sus padres, que
le reciben diciendo:

—¡Muy bien, Álvaro!

—Tú, a tu aire. ¡Y sigue
corriendo!

Álvaro no para hasta llegar a casa.

Le siguen sus padres y las vecinas.

—¿Qué prisa os ha entrado de pronto
por iros? –murmura Vicenta.

Y Julia:

—Para una vez que el pobre niño
puede hacer algo extraordinario,
        ¿por qué no dejarle
         disfrutar de su
          triunfo?

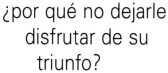

        Y las dos, a coro:

        —¡Qué lástima!

7

Los deportes

CLARO que Álvaro quiere
triunfar, como todo el mundo.
Por ejemplo, le gustaría mucho
ganar un partido de baloncesto
con el equipo del colegio.

—¿Por qué no, si regateo bien?
–comenta en casa.

—Porque tú no puedes encestar.
Reconócelo y elige otro deporte
–le dice su padre.

Balonvolea tampoco, porque
hay que relanzar el balón

con las dos manos, pero Álvaro podría
ser un buen jugador de fútbol.

En los recreos trata de lucirse
al máximo cuando juega
para que el entrenador
se fije en él,

pero nunca consigue vestir
los colores del colegio
en las competiciones regionales.

—¿Por qué no, si corro muy
deprisa, chuto fuerte y despejo
de cabeza como nadie?

Jugar en el patio sí, pero de ahí
no pasa.

—Pues formaré un equipo
a mi aire y seré portero,
defensa, delantero y árbitro,
todo en una pieza –decide Álvaro.

Pero jugar así es muy aburrido porque
sin equipo contrario no puede ganar

ningún partido, por muchos goles
que meta.

Álvaro tendrá que buscar
el triunfo en otra parte.

8

Los concursos

EN la Semana Cultural del colegio se organizan actividades muy interesantes: visitas a museos, conciertos, funciones de teatro… Y se convocan diversos concursos: de canto, de pintura, de literatura…

Álvaro decide presentarse
a estos tres y empieza
a prepararse.

Los ensayos no le salen muy bien
que digamos.

Al cantar se le escapan muchos
gallos y desafina tanto
que ni su amiga Carmencita
logra reconocer las canciones
que Álvaro repite una y otra vez
a grito pelado.

Empieza a pintar, pero
las líneas del dibujo
se le tuercen, y se le
emborronan los colores
en el lienzo.

De todos modos se presenta al
concurso de canto, pero el jurado no
puede contener la risa al escucharle.

Y no le va mejor con la pintura.
En los pasillos del colegio exponen
los cuadros presentados al concurso
para que los vea todo el mundo:
a la primera ojeada, el mismo Álvaro
tiene que reconocer
que hay otros mejores
que el suyo.

Lo comenta con sus padres y dice:

—Parece que la pintura no es lo mío.
Ni la música. Pero el concurso
de literatura lo gano, seguro.

Álvaro piensa una idea, escribe, tacha,
añade, borra, rompe el papel y vuelve
a empezar. Así muchas veces, hasta
quedar satisfecho de su obra.

—El cuento me ha salido un poco corto, pero es muy bonito.

—¿Es de mucho miedo? –le pregunta
su amiga Carmencita.

—No. Es de risa. No pararás
de reírte cuando yo lo esté leyendo
en el escenario –dice Álvaro,
seguro de ganar el premio.

Pasa el cuento a limpio, lo firma con
un lema y lo mete en un sobre grande;
luego añade otro sobre, más pequeño,
con el lema fuera y su nombre dentro,
y lo lleva todo a la secretaría del colegio.

—Para el concurso literario –dice.

—Muy bien. Déjalo ahí, junto a todos esos que se han presentado.

El montón de sobres es muy grande, pero ni por esas se desanima Álvaro.

«Mi cuento
es el mejor», piensa.

Y sale de secretaría con paso firme, como si ya hubiera ganado el premio y estuviera pisando el escenario.

El premio

POR fin llega el día de la fiesta
grande de la Semana Cultural.
El salón de actos del colegio está
de bote en bote. Los participantes de
los concursos, impacientes, nerviosos,
esperan que el director haga público
el fallo de los jurados y proclame
los nombres de los ganadores.

Álvaro no consigue el premio
de pintura ni el de música:
estaba cantado.

—El ganador del concurso
literario –anuncia el director

por los altavoces– es el autor
del cuento titulado *La escalera
de la felicidad...*

Vicenta y Julia suponen, por el título,
que Álvaro es el autor, y ellas,
las protagonistas del cuento.
Como viven en la misma escalera
y Álvaro llama todas las tardes
a su puerta en busca de la merienda...

Vicenta exclama:

—*¡La escalera de la felicidad!*
¡Qué título tan bonito!

—Sí –replica Álvaro–, precioso.
Pero no se me ha ocurrido a mí.
Mi cuento se titula *El bolígrafo.*

—Entonces, ¿no te han dado el premio?
–le preguntan a coro sus vecinas.

—Pues… no.

Vicenta y Julia se indignan:

—¡Menudo tongo!

—¡Qué injusticia!

Para ellas, la fiesta ha terminado.
Se levantan y se van muy ofendidas,
empujando y pisando
a todos los de su fila.

Álvaro y sus padres se quedan
hasta el final del acto.

A la salida, se acercan a felicitar
a los ganadores, saludan a los
profesores y charlan con sus amigos.

Ya en casa, comentan lo ocurrido:

—Yo creo, Álvaro –le dice su madre–,
que tú te mereces un premio especial
por presentarte a todo.

—Y por seguir a tu aire, tan contento,
pase lo que pase –recalca su padre.

Un premio especial, sin aplausos
ni felicitaciones, que Álvaro
se gana día a día.

Fin

alta mar

Taller de lectura

Álvaro a su aire

1. ¿Quién es Álvaro?

1.1. Álvaro es el protagonista del libro que acabas de leer. Recuerda cómo es.

a) ¿Es gordo o delgado?

....

b) ¿Es rubio o moreno?

....

c) ¿Es simpático o antipático?

....

d) ¿Cuántos años tiene?

....

e) ¿Es zurdo o diestro?

....

2. La familia de Álvaro

2.1. Dibuja a Álvaro y su familia.

3. Las amigas de Álvaro

3.1. Vicenta y Julia son las vecinas de Álvaro. A continuación, rodea las palabras con las que explicarías cómo son las vecinas de Álvaro.

simpáticas   malas

cariñosas

pesadas

divertidas

tristes

impertinentes

3.2. ¿Quién es la mejor amiga de Álvaro?

....

4. La «lástima» de Álvaro

4.1. ¿Qué es la «lástima» de Álvaro?

....

....

4.2. Sigue los puntos y verás lo que consigue Álvaro en la excursión gracias a su «lástima». Escribe debajo lo que es.

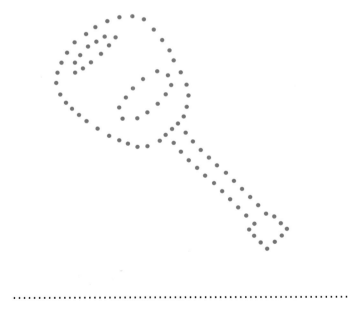

....

4.3. ¿Qué le dirías tú a Álvaro sobre su «lástima»? Colorea la frase que le dirías.

> Mete la mano en el bolsillo para que nadie te la vea.

> No me importa que tengas un brazo más corto que otro.

5. Álvaro a su aire

5.1. Señala lo que más te gusta de lo que hace Álvaro:

❐ Merendar en casa de sus vecinas.

❐ Pelearse con otros niños.

❐ Ir de excursión.

❐ Presentarse a los concursos.

❐ Hablar con sus padres.

5.2. Los padres de Álvaro le dicen que vaya «a su aire».

Explica lo que significa completando la frase:

Tiene que hacer las cosas ....

....

....

Índice

Aventuras

Ciencia Ficción

Cuentos

Humor

Misterio

Novela Histórica

Novela Realista

Poesía

Teatro

A partir de 6 años

Otros libros de cuentos

Háblame del sol. Ángel Esteban
Colección Altamar, n.º 89

El abuelo ratón recoge a sus tres nietos,
los lleva a su sótano y los llama Uno, Dos
y Tres. Un día, Tres ve una luz a través
de un agujero, y el abuelo le explica
que se trata de un rayo de sol.
Cuando los ratoncillos cumplen un año,
el abuelo agranda el agujero para que Tres pueda
admirar el sol, su calor, su luz,
el color… Desde entonces,
su vida cambiará para siempre…

Otros libros de cuentos

Gato, su bruja y el monstruo. Kara May
Colección Altamar, n.º 129

La bruja Ágata promete a los habitantes
de Flamante que expulsará al monstruo que se ha
instalado en el lago del pueblo. Pero cuando Gato
descubre que Ágata solo es una bruja principiante
y no está preparada para esa importante misión, la
obliga a volver al colegio para sacarse el título de
superbruja. De ese modo, Ágata aprenderá el
hechizo necesario para expulsar al monstruo, un
hechizo en el que deberá participar también Gato.

Otros libros de aventuras

Las aventuras de la brujita Witchy Witch.
Rose Impey
Colección Altamar, n.° 163

En casa de la brujita Witchy Witch todos hacen magia: Mamá Witch, Papá Witch ¡y hasta el gato Gatruco! En este libro, Witchy Witch va a organizar dos líos mágicos: Cuando hace desaparecer la cabeza de su hermanita recién nacida, y cuando le regalan una escoba por su cumpleaños… ¡y se salta todas las reglas de seguridad voladora!

Otros libros de humor

Caos en la boda. Elvira Menéndez
y José María Álvarez
Colección Altamar, n.° 144

Después del loquísimo *Caos en el súper*, llega esta nueva aventura de Sara y Emilio, esta vez en una boda. En la batalla campal que se organiza en el banquete no faltan los calamares y los langostinos voladores, además de la tarta nupcial con «sorpresa»… Al final, y como siempre, nadie sabe explicar qué ha pasado, pero, eso sí…: ¡reconocen que se han divertido de lo lindo!